图字：10-2013-440号
图书在版编目（CIP）数据

长金牙的狼 /（奥）布热齐纳（Brezina,T.C.）著；
张雯婧译. -- 南京 ：江苏文艺出版社，2013.11
（神奇自行车 ；1）
ISBN 978-7-5399-6646-5

Ⅰ. ①长… Ⅱ. ①布… ②张… Ⅲ. ①儿童故事—奥
地利—现代 Ⅳ. ①I521.85

中国版本图书馆CIP数据核字（2013）第238364号

Published in its Original Edition with the title
Der Wolf mit dem Goldzahn by G & G Verlag Copyright
G & G Verlag, Wien
This edition arranged by HimmerWinco
for the Chinese edition:Jiangsu Literature and Art
Publishing House
本书中文简体字版由北京 Himmer 永固 Winco 奥砾 文化传媒有限公司独家授予
江苏凤凰文艺出版社有限公司。

长金牙的狼

【奥地利】托马斯·布热齐纳 著　　张雯婧 译
出 品 人 黄小初
责任编辑 周远政
装帧设计 朱　涛
编　　务 邹静静
排　　版 何　乐　高鹏程
责任校对 闻　艺
出版发行 凤凰出版传媒集团
江苏凤凰出版传媒股份有限公司
江苏文艺出版社
集团地址 南京市湖南路1号A楼，邮编：210009
集团网址 http://www.ppm.cn
出版社地址 南京市中央路165号，邮编：210009
出版社网址 http://www.jswenyi.com
淘宝网址 http://phoenix-tangel.taobao.com
制　　版 新华丰制版有限公司
印　　刷 南京新世纪联盟印务有限公司
开　　本 889毫米×1194毫米　1/32
印　　张 2.75
字　　数 15千字
版　　次 2013年11月第1版　2013年11月第1次印刷
标准书号 ISBN 978-7-5399-6646-5
定　　价 22.00元

营销：025-68520896
地址：南京市湖南路47号凤凰台饭店9楼
江苏文艺出版社图书凡印装错误可向承印厂调换

神奇自行车 1

长金牙的狼

[奥地利] 托马斯·布热齐纳 著

[奥地利] 吉尼·诺尔穆勒 插图

张雯婧 译

江苏文艺出版社
JIANGSU LITERATURE AND ART PUBLISHING HOUSE

凤凰天舟荣誉出品
HONORARY PRODUCT PRESENTED BY PHOENIX-TANGEL

托马斯先生的悄悄话

和我创作的其他故事一样，这个故事包含了以下要素：一个团队、最好的朋友、敢于做非凡的事情！

我想，许多孩子都梦想他们的自行车能说话——这可是通向冒险之旅的关键所在！也许，这就是神奇自行车汤姆·托尔波能够流行这么多年的秘密。今天的孩子和二十年前的孩子没有什么不同：他们都喜欢玩耍、冒险和神奇的东西。

我能写出侦探故事，最重要的原因，我想还是我对于神秘事物和悬疑故事总是充满好奇和热情！就好像我写故事的目的，是想让孩子们跳出他们的日常生活。读我写的书应该像是坐过山车：刺激、充满乐趣和惊险，同时又十足安全。

致中国小读者

Ni hao，中国的“小侦探”们！

许多年来，我都一直在写汤姆·托尔波的历险记。它不仅仅是世界上最神奇的自行车，也是你能够想到的最棒的朋友！

当我还在你们的年纪时，我一直都想要一辆属于自己的像汤姆·托尔波这样的自行车。于是我开始装备我的自行车：加一个收音机、一台对讲机、一盒美味的点心。我梦想着我的自行车能说话，甚至还能飞起来。

后来，当我开始为我最新系列的图书塑造一个与众不同的侦探形象的时候，那些记忆全都涌上了我的脑海。

最开始，我打算让一匹会说话的马来担任故事的主角。但是，当我想起小时候那些骑在自行车上的快乐时光，一辆有着111种本领而且还会说话的自行车似乎成了一种更好的选择。于是，汤姆·托尔波诞生了。

成为汤姆历险记中的一份子，是我生命里最难忘的事情。创作新故事的过程简直太有趣了，每一次我都好像亲自经历了那些事情：如果情况危急，我甚至会冒汗；要是汤姆开始讲笑话，我会忍不住大笑起来。

请尽情阅读汤姆的各种历险记，开动脑筋，回答书中的智力测试，帮助汤姆一起解决它遇到的复杂的案件。

现在，跟着汤姆·托尔波、卡萝和克拉罗，一起出发吧！

你们的老朋友

托马斯·布热齐纳

名家导读

流行与经典的绝佳结合

谭旭东

（文学博士，著名儿童文学评论家、作家）

几年前，托马斯·布热齐纳的“冒险小虎队”系列童书进入中国，在童书出版界引起了轩然大波，这套冒险小说引发了阅读狂潮，屡屡进入畅销童书排行榜。幸运的是，现在我又读到了布热齐纳的“神奇自行车”系列，这套幻想加冒险的小说，给我阅读的惊奇，相信它会以充满悬念，又富有弹性的语言，把孩子们带到一个幻想的世界，让读者在历险中体验到各种人生经验，发现美好的人性，找到正确的价值观，学会生存，升华道德。

这套幻想加冒险小说，有几个方面值得去肯定：一是它虽然是冒险故事，也是幻想小说，但讲述的却是孩子的故事。双胞胎姐弟卡萝和克拉罗有一辆神奇的自行车，它叫汤姆·托尔波，姐弟俩经常骑着汤姆去历险，他们有时候是背着父母，有时候是背着学校的老师。每一次冒险，都充满悬念，都展现了孩子的智慧，都让人看到了孩子的世界是很了不起的。二是它是冒险小说，也是幻想小说，但里面的艺术元素还有很多，如它有科幻故事和侦探小说的成分，也可以说，有宝物童话的特点。如神奇的自行车，就像一个宝物，它有特殊的魔力，在孩子需要的时候，能够帮助孩子战胜敌人，赢得胜利。三是它的语言很美，虽然我不懂德语，不会翻译，但它的译笔很流畅，这是一般的翻译文学所难以达到的。小说阅读时，节奏很紧张，也很有吸引力，而且它的绘画与文字也是非常匹配的，有助于读者理解文字，并进入小说的故事情境。还有，“神奇的自行车”系列的每一册叙述独立，但在内涵上又具有连贯性，形象的塑造很有立体感，令读者难忘。

以《长金牙的狼》这一册为例，它不但故事有趣，而且给读者正面的价值观，引导孩子做智慧和善良的人。卡萝和克拉罗骑着汤姆·托尔波，趁着夜色去森林里观察猫头鹰，返回家时，汤姆报警，说他们遇到了白伯爵。在汤姆的帮助下，他们战胜了白伯爵。又无意中来到了一个神秘的城堡，发现了一个新的神秘世界，还找到了一本书，那上面的像“苍蝇屎”一样的小文字被他们解密，他们感觉到一定会有重大的发现，于是，他们决定偷偷地去寻找宝物。在寻找宝物的路上，他们受到了森林守护员艾希霍恩先生的阻拦和干扰，开始时，姐弟俩以为艾希霍恩居心不良，结果，小说的最后，真相大白，正义终于战胜了邪恶。《鬼城的秘密》和《大肉排珍宝》也是环环相扣，既和孩子的生活贴近，又生动描绘了孩子的幻想世界，讲述故事但又不仅仅是故事，而且在主题和叙述技巧上，都和经典童话与历险小说有很多接近的美学品质。

“神奇自行车”系列冒险小说也是布热齐纳的代表作，现在它很整齐地呈现在中国小读者面前，这是很值得欣喜的事。现在，过分流行的消遣的童书太多，地面书店里都摆满了，网络书店里也陈列得很多，让一些家长和小读者无所适从。像“神奇的自行车”系列一样把流行和经典结合得这样好的童书太少了。我很喜爱这套幻想儿童文学作品，它的每一册都是这样的，总是波澜迭起，充分满足着读者的好奇心，给读者故事的乐趣时，还给读者诸多意料之外的阅读惊喜。

名家导读

最棒的自行车侦探

谢　鑫

（中国少年侦探创作领军人、
桂冠童书《洛克王国魔法侦探》作者）

对中国小读者来说，奥地利作家托马斯·布热齐纳就像邻家大叔一样令他们熟悉，他创作的碧吉、路克、帕特里克三只“小虎”组成了冒险小虎队，以英勇、智慧、精彩的表现，赢得无数粉丝的追捧。

现在，托马斯先生另一部极具个人风格的侦探故事系列《神奇自行车》响着铃铛来到了中国。小读者们将有幸跟随卡萝、克拉罗这对双胞胎姐弟，骑着名叫汤姆·托尔波的神奇自行车开始一段新的冒险旅程了。作为写儿童侦探小说的同行，我有幸提前阅读了托马斯先生的这部作品。下面，我试着以侦探作家的眼光来为大家介绍汤姆·托尔波——世界上第一个自行车侦探。

大家知道，一个优秀的侦探应该具备的基本素质不外乎以下几点：一、聪明智慧的头脑；二、锲而不舍的精神；三、迎接挑战的勇气；四、称手实用的道具（发明）；五、亲密无间的助手（伙伴）。福尔摩斯如此，名侦探柯南如此，冒险小虎队如此，那么，汤姆·托尔波是不是也如此呢？

别着急，托马斯先生早已为它定制了111种神奇的本领，比如它的超级电脑能搜索任何想找的东西，红色的无线球则随时联络两位小主人，它的烤面包机能烤出美味的吐司，冰激淋机可以制作水果冰激淋，它能像飞蜥一样飞行，也能在车胎充气后变成气垫船横渡江河。汤姆·托尔波能完成任何你能想到的事情，帮助小主人深入险境，分析案情，面对强敌，化险为夷。总之能说会道、

文武兼修的汤姆·托尔波绝对是你冒险之路上非常贴心的好伙伴。

尽管汤姆·托尔波非常强大，但没有一两个死党打打闹闹，冒险之路也会很枯燥，所以卡萝和克拉罗姐弟俩充当了名侦探身边的助手角色，就像柯南身边的毛利兰，福尔摩斯身边的华生，波洛身边的黑斯廷斯。得益于卡萝和克拉罗姐弟俩无穷无尽的好奇心，才让汤姆·托尔波不断地有机会一展身手。

我们常说给低年级孩子阅读的侦探故事非常难写。因为文字形式上你要尽量地简单，而故事本身却不能太简单，否则就失去了思考的乐趣。一个失去了思考乐趣的侦探故事不是好的侦探故事。

所幸的是，托马斯先生一直做得很好，他用简单的文字讲述了一个个并不简单的故事。托马斯先生的故事具有简约之美，故事篇幅不大，出场人物也少，但场景变换快，节奏感强，带着读者不断地前进探索，故事脉络清晰明朗，凸显简约之美。他的故事还有正义之美，小侦探们的每次行动都是带有极大的善意，或出于帮助别人，或出于环保，或出于公义，总之他们的行动不是纯粹为了刺激好玩，而是带有正义的目的性，为小读者树立了好榜样。

好了，下面就请大家打开卡萝和克拉罗家的车库门，帮助他们推出神奇自行车，开始神奇探秘之旅吧！

请相信，汤姆·托尔波是最棒的自行车侦探！

大家好！
我们是克里克尔家的卡萝和克拉罗。
我们最好的朋友喜欢喝润滑油，
它叫汤姆·托尔波，
是世界上最神奇的自行车。
我们发明并制造了它。
快和我们一起来探险吧！

我是克拉罗，而实际上我全名叫做康斯坦丁。我喜欢拆旧机器，再用零件组装新的东西。我的梦想是拥有一台机器，它能够在早上帮我刷牙和穿衣服。

我最喜欢吃大肉排。

克拉罗

我是卡萝琳娜，比克拉罗大一分钟，我们是双胞胎。大家都叫我卡萝。

我喜欢跳舞并在一所马戏学校学习。我还喜欢画画和制作我自己的小书。

我最喜欢吃巧克力冰沙拉。

卡萝

快来帮助我们一起解开所有谜题！

汤姆·托尔波

它喜欢润滑油和阳光，充足的阳光可以为它的太阳能电池充满电。
汤姆不喜欢水，因为遇水它会短路。
谁叫它“自行车”，谁就惹上大麻烦了！

汤姆被装入了111种技法。

它可以：

烤迷你披萨

做冰激凌

像飞蜥一样飞行

像气垫船一样游泳

发出搜寻强光

甚至变得像纸一样薄

汤姆安装了一把电动马桶刷

目录

白伯爵

就像一道黄色的闪电，汤姆·托尔波快速穿过森林。卡萝踏住脚蹬，弟弟克拉罗坐在后座，紧紧抱着她。

“卡萝，你个笨蛋，快骑！”克拉罗催促着姐姐。

天色已经黑了。

姐弟俩原本是去森林里观察猫头鹰的，不知不觉中天色就暗下来了。此刻，他们只想快点回家——黑夜里的森林实在令人毛骨悚然：周围不断有“咔嚓”声和什么东西在簌簌作响，猫头鹰发出恐怖的“嘟……威特”叫声，树林间也跳动着奇怪的影子。

“警报，主人们！”汤姆·托尔波突然紧急刹车，同时大喊道。伴随着刹车，这辆黄色条纹的自行车发出尖锐的“吱嘎”声，它跃起了前轮，就像一匹受惊的马。

“嘿，这是怎么了？”卡萝和克拉罗大喊道。

汤姆·托尔波喘着气，指向前方：“主人，您打开观察孔，看那里！”它低声说。

透过汤姆的观察孔，姐弟俩看到前方路中间站着一个巨大的白色身影——头戴一顶白色蒙头风帽，肩披一件白色长斗篷，手中拿着副白色的弓箭。

卡萝和克拉罗害怕极了，差点从自行车上摔下来。

汤姆·托尔波的摄像机拍下了一切，并将画面输入计算机。

——只需一秒钟，神奇自行车就能发现是谁挡住了路。

它小声报告：“主人们，情况恐怕不妙。前面站着的是白伯爵。他死于三百三十三年前，我们看到的是他的鬼魂。”

草莓冰绝技

克拉罗用衣帽盖住眼睛和耳朵，试图完全藏到卡萝身后。

“发射坚果！”卡萝尖叫一声，双手抓紧汤姆·托尔波的车把。

汤姆·托尔波听到命令，准备发射坚果，克拉罗和卡萝等着等着，却迟迟不见坚果发射出来。

“主人,是不是接触不良？”自行车着急地问。

“不……不是！”卡萝结结巴巴地回答。

“你全身都在发抖。”克拉罗小声说道。

这个幽灵吓得他们几乎魂飞魄散。

白伯爵一直僵直地站在那里。

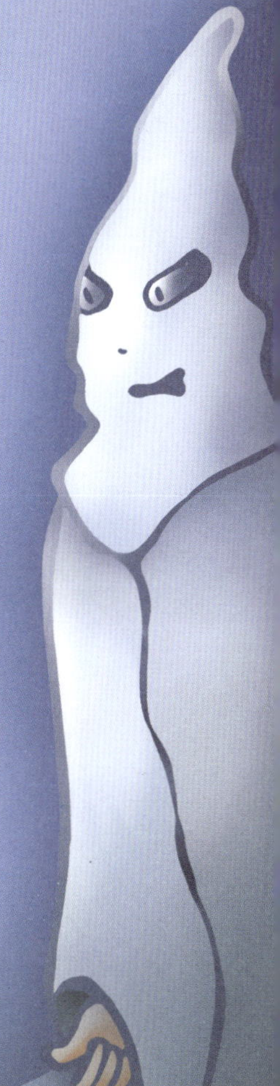

突然，白伯爵从斗篷里抽出什么东西并恐吓地在头上一挥，同时用沙哑的声音喊道：“消失！赶紧带着你们的自行车消失！”

“汤姆·托尔波，调头！快跑！快！”卡萝和克拉罗齐声大喊道。但是，生气的汤姆·托尔波根本不听他们的命令——没人敢叫它“自行车”！它的车灯愤怒地闪着。汤姆的计算机早已识别出白伯爵手中拿的是什么。“那只是一把铲子！”神奇自行车告诉它的朋友们。

“现在，让我把你们变成烂泥！”白伯爵威胁着冲向两人。

“快走！”姐弟俩想要尽快逃跑。卡萝抓紧车把，可汤姆一动不动。

白伯爵越来越近，他离两人只有十步之遥了。但是汤姆·托尔波仍然不动。

还有五步。

还有四步……三步。

白伯爵已经向卡萝伸出白色的胳膊。她吓得不敢呼吸。

“你再也不能叫我‘自行车’了！”汤姆愤怒地喊道。

它从后轮旁的冰激凌机中甩出一根细管，迅速向地面喷出一大堆草莓冰激凌。白伯爵刚好踩到上面，他滑倒在地，狠狠地摔了一跤。白色的斗篷沾满了粉红色的冰激凌。他咒骂着站起来，一瘸一拐地消失在树丛中。

汤姆·托尔波得意极了："主人们，我简直棒极了！"

卡萝和克拉罗像木头人似的点着头，表示赞同——他们已被吓得浑身僵硬。

"我们继续前进吧。"神奇自行车意气风发地说道。

"呀喔喔喔喔喔喔喔喔喔喔喔！"

树丛中突然响起一阵恐怖的嗥叫。

刚刚松了口气的姐弟俩顿时又汗毛直立，浑身瑟瑟发抖。

那是什么声音？

长金牙的石狼

“呀喔喔喔喔喔喔喔喔喔喔喔！”

在那边！又叫了。

汤姆·托尔波当然也听见了嗥叫声，它的计算机高速运转着，“主人，声音听起来像是只动物被人用锤子砸中了爪子。我的计算机算出它在距离我们只有 36 步的地方。”

汤姆·托尔波喜欢动物，但它不喜欢动物的叫声。它熟练地避过灌木和岩石，快速驶向叫声传来的方向——没有人能够阻止它。

在两棵茂盛高耸的老冷杉之间，透出一道微弱的光。

原来那里是一座宏伟的城堡，如今却只剩下一些残垣断壁。

在这些废墟前，卡萝和克拉罗发现一根方形的石柱子，一只灰色的石狼蹲坐在上面。它仰着头朝向天空。苍白的月光照耀在它张开的大嘴上，嘴里尖利的金牙闪闪发光。

“呀喔！”

汤姆·托尔波惊恐地亮起所有车灯。

“汤姆，那是什么？”克拉罗担心地小声问道。

“主人，我正在用计算机查询。”汤姆停了下来。它汇报道：“是那只石狼在叫，但是石头做的狼根本不会叫呀。”

神奇自行车总是想搞清楚所有事情——它向石狼慢慢靠近。

突然，石头开始发出**“咔嚓咔嚓”**声。

随后它裂开了，碎裂声不断地传来。

卡萝和克拉罗吓得只能发出微弱的呼救声：“救……救……救命！”

就连汤姆·托尔波也紧张地竖起了天线。

那只狼动了起来。

它转动着脑袋，恶狠狠地盯着孩子们和自行车，嘴里发出凶巴巴的呼噜声。它是想冲上来撕咬他们吗？

“那怪物把它的牙都龇出来了，主人，我担心它会咬住你们的！真是太可怕了！”汤姆故意刺激姐弟俩。

“快跑！”卡萝和克拉罗吓得齐声大叫。

“嘘……别紧张，这不过是一场虚惊，因为你们一定不好吃。”汤姆·托尔波一本正经地说着，一边继续前进。

“而且，遗憾的是我也没带芥末，不然可以涂在你们身上！”它继续打趣道。

“你是在开玩笑吗？”克拉罗气呼呼地说。

“我可没有说笑哦！”汤姆回答说。

“快离开这里！”卡萝催促道。汤姆·托尔波听话地加快了速度。

他们身后，再次响起“咔嚓”声。

卡萝松了一口气。“那只狼好像不动了，又安安静静坐在那里！”她肯定地说。

但是，汤姆·托尔波要干什么？它居然再次驶向那只狼！

石狼，又活了过来！

神奇自行车的车铃响了起来。这说明汤姆发现了什么！

秘密的入口

“主人们，不要害怕！”自行车安慰它的朋友们。

“地面上有一个开关，当我轧过它时，控制那只石狼的机关就会被激活，然后它便开始嗥叫。”

卡萝明白了：“这是个诡计，防止有人会靠近废墟。”

“那里一定藏着什么宝物，是不想被人发现的东西，”克拉罗补充道，“所以才由那只石狼守护。”

姐弟俩从自行车上面下来了。

这时，他们的好奇心已经战胜了恐惧。

卡萝抓紧汤姆车把的左端，克拉罗抓住了右端。他们三个一同走向那只石狼。当他们接触到那个隐藏的开关，石狼又开始动起来。

他们离那只石狼越近，它就变得越疯狂。它的头“吱吱嘎嘎”地来回摆动着。

卡萝和克拉罗紧紧抓着汤姆·托尔波。幸好神奇自行车并不害怕，它不断地安慰姐弟俩，“这只是个诡计。你以为会吓跑我们，没门儿，我们偏不跑！”

卡萝、克拉罗和汤姆·托尔波终于到达了石座前。

那只狼把头往前一伸，露出了牙齿。**“咯！”**

“啊啊啊啊！”卡萝和克拉罗吓得大叫起来，赶紧藏到了他们的自行车朋友后面。

汤姆·托尔波没有犹豫——幸亏卡萝和克拉罗给它装备了很多好玩意儿——它从嘴里吐出一把马桶刷，“砰”的一声把它塞到了狼的喉咙里。

“小乖乖，你该刷刷牙了！”它对石狼说，“你嘴里的气味简直令人作呕！”

石狼当然没有刷牙。它再次定住了。

这时，石座上竟然缓缓开启了一道秘密的门，里面传来了可怕的吼叫声。

卡萝和克拉罗伸着头，向门后望去，入口后面是通向下方的台阶。

姐弟俩后背起了一阵鸡皮疙瘩，他们充满疑问地看向汤姆·托尔波。

“那是什么？什么在叫？”

巨型狼头

神奇自行车激动地闪着灯，小声说："用不着害怕，在石狼身体里装有管风琴琴管，当风吹过，琴管就会发出声音，所以它会发出嗥叫声。在台阶末端也有这样的琴管。我们根本不用害怕。"

卡萝和克拉罗点点头。尽管两人的双腿还是忍不住哆哆嗦嗦，但是他们绝对不会放弃——他们的好奇远远大过恐惧，所以他们向入口走去。

汤姆·托尔波嘟囔着跟在他们身后。一级级的台阶让它实在难以忍受。

年老失修、裂痕累累的台阶一直通到一个宽敞的大厅。地面布满灰尘，大厅顶部还挂满了蜘蛛网。

汤姆·托尔波慢慢亮起车灯，光线照亮了大厅。大厅空荡荡的，连一件摆设都没有。不过很快，两个小侦探就发现了嵌在墙上的一个巨大的狼头雕像。

狼头面目狰狞，张着大嘴。它的嘴里放着什么东西。

卡萝认出了那是什么，“那是一本书，一本很老的书！”

两个孩子来到狼头跟前。

克拉罗读出封面上的字：

把我带上！

卡萝小声说：“我们应该照做。”

她深吸一口气，伸手抓起书并把它捧在胸前。

顷刻间，四周回响起成百只饿狼的嗥叫声。大厅的墙壁开始颤动。

现在跟刚才的情形可不一样，卡萝和克拉罗被吓坏了。他们飞快地沿着台阶向上跑去，汤姆·托尔波紧跟在后面。

当他们再次回到地面之后，神奇自行车请求道：“主人们，请把那个马桶刷从石狼的嘴里拔出来，我还用得着它。”

卡萝照做了，密门立刻合上。

姐弟俩跳上汤姆·托尔波，它飞快地再次出发。

这时，卡萝、克拉罗和汤姆·托尔波谁都没有发现，有人正在偷偷窥视着他们。

把我带上！

你能发现是谁在窥视卡萝、
克拉罗和汤姆·托尔波吗？

古书中的信

结满浆果的灌木后面蹲着一个身影。是白伯爵吗？没人知道。只见那身影从地上推起一辆摩托车，迅速发动车子，跟上了汤姆·托尔波。

神奇自行车对回卡萝和克拉罗父母家的路了然于心。十二分钟后，他们到了家。车子消失在小车库里，卡萝和克拉罗一直把汤姆·托尔波藏在那儿。姐弟俩跟在自行车后面，小心地掩好门。

那个神秘的身影骑在摩托车上，在不远处窥探着一切。他点点头，似乎很满意的样子。这家伙到底在盘算着什么？

车库里，克拉罗对汤姆·托尔波说：“把车灯打开，我要看看那本书。”

汤姆·托尔波打开车灯，把灯调到尽可能亮，然后好奇地在姐弟俩身后看着。卡萝和克拉罗仔细地阅读着每一页。可很快他们就失望了。“书里尽是些长相彪悍的骑士的照片，”卡萝说，“其中一个叫做文德林·冯·温默沃尔夫，另一个叫威利巴尔德·冯·温默沃尔夫，第三个叫做瓦策尔·冯·温默沃尔夫。除此以外没有任何让人激动的内容。”

当卡萝和克拉罗正想合上这本布满灰尘的书时，他们在最后几页中发现了一张发黄的纸。

那是一封信。

神秘的“苍蝇屎”

信纸上那些圈圈点点是什么意思？卡萝和克拉罗不解地摇着头。克拉罗想起了什么，“也许这是一种我们不认识的古老文字。不过没关系，汤姆一定可以破解。”

他把信递给自行车。

汤姆·托尔波用摄像机眼睛扫描下文字并传送给计算机。十秒钟后它汇报道：“对不起，主人们，我没有存储这种文字。也许这就是一些根本没有意义的‘苍蝇屎’。”

卡萝和克拉罗听了觉得莫名其妙，“苍蝇屎？汤姆，你真会开玩笑！”

汤姆·托尔波向他们解释道：“圈圈之间是一些点，这些点对我的摄像机来说太小了，跟苍蝇屎没什么差别。请你们用放大镜再观察一下那些点。”说着，车子后座翘了起来。

仔细看这封信！你能发现什么吗？

后座下面有个隐蔽的部位，那里藏着一个放大镜。

卡萝拿出放大镜，把它放在信上。

克拉罗在卡萝的背后俯身看着，“我想我知道了！”他大喊道。

金狼传说

那些小点不是苍蝇屎。

那是些极小的字母。卡萝和克拉罗一个一个地识别，并把它们告诉给自行车朋友。神奇自行车一个接一个地存下这些字母。终于在自行车计算机的小屏幕上出现了下面的内容：

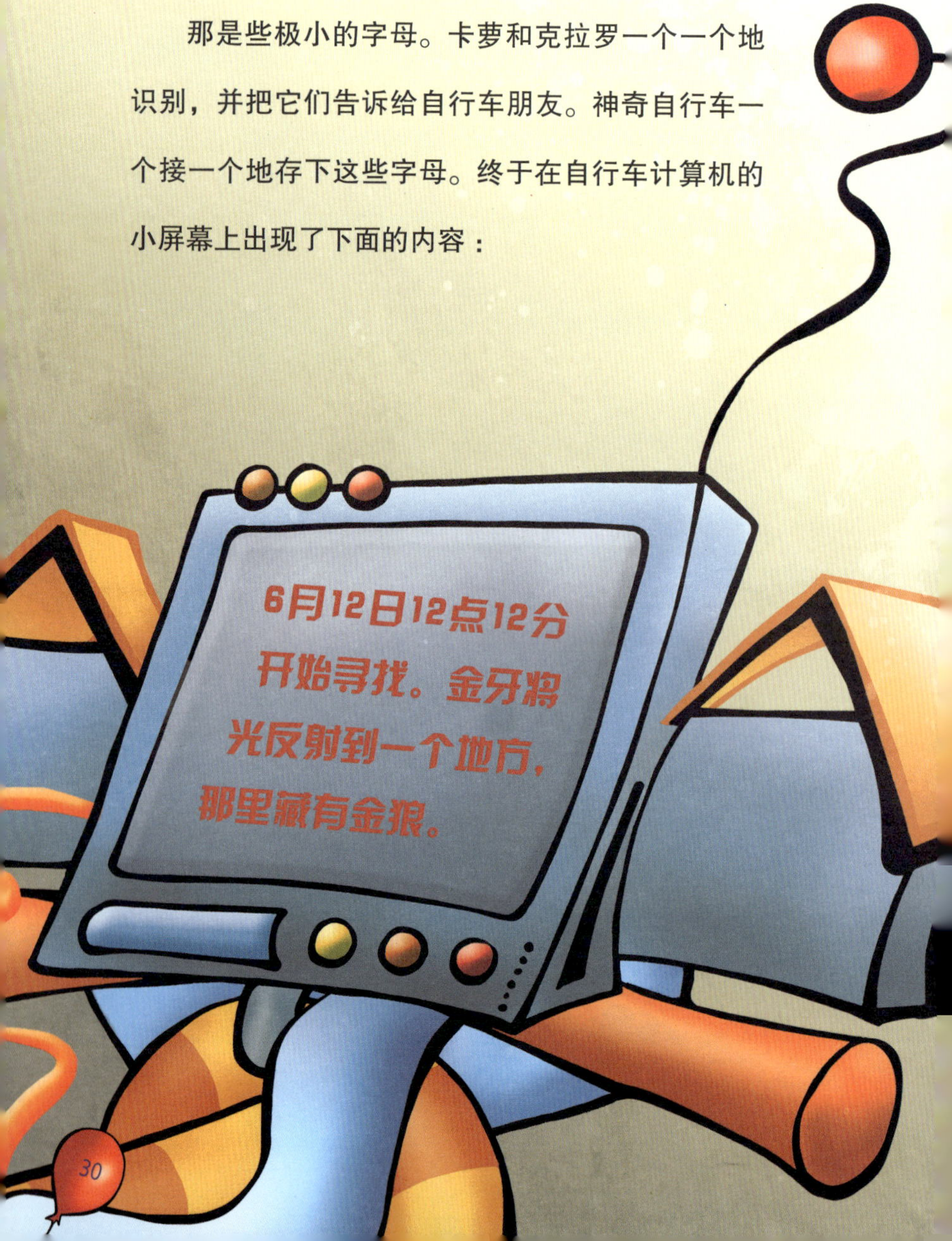

因为过于激动，克拉罗的牙齿禁不住发出“咯咯”声。

“骑士在林中空地藏了一只金狼。”他兴奋地自言自语。

卡萝也明白过来。

但是藏宝的地方和金牙有什么关系？

克拉罗解释说：“12 点 12 分也就是午夜 0 点 12 分。那时会出现满月，而金牙就像一面镜子一样反射月光。反射的光会照射到一棵树或者一块石头上，那就是藏金狼的地方。”

卡萝一听，立马激动地拽着头发：“哦，天哪！今天是 6 月 10 日，已经星期六了。这么说，再过一天一夜，在星期天的午夜，星期一的 0 点 12 分，长金牙的狼就会揭秘珍贵的金狼藏在哪里。”

汤姆·托尔波瞪大了眼睛看着它的朋友们：“我们一定要去探个究竟，是吧，主人们？”

卡萝和克拉罗略加思索，毫不犹豫点了点头。

“太好了！”汤姆·托尔波欢呼起来。

是时候回房间了。卡萝和克拉罗从排水管悄悄爬回二楼的卧室——爸爸妈妈一直被他们蒙在鼓里呢。

他们钻进被窝，准备入睡。

SCHACH

过了一会儿，妈妈悄悄来到房间，看着安静入睡的孩子们，露出满意的微笑。

不寻常的访客

“卡萝琳娜！康斯坦丁！你们下来！”妈妈在前厅喊着卡萝和克拉罗的全名。姐弟俩迷糊地睁开眼睛。现在是星期天早上9点。通常这个时候爸爸妈妈都还在睡觉，可妈妈今天怎么这么早就起来了？她的声音听上去为什么是气呼呼的样子？当她叫姐弟俩的全名时，一般来说都没好事。两个孩子赶紧穿着睡衣跑下楼。他们的妈妈正穿着蛋黄色的睡衣站在前厅，身旁是一个留着刺猬头的男人，正怒气冲冲地瞪着两个孩子。

“这是艾希霍恩先生，他是森林管理员，他有话和你们说。”克里克尔夫人说道。

艾希霍恩先生举起食指，在面前比画着：“你们昨晚在森林里骑自行车！”他气呼呼地说，“那车子丁零当啷，吵死人了！”

克拉罗的心“怦怦”直跳：“我们都通过了自行车考试，可以在森林里骑车。”他为自己和姐姐辩解道。

“但不准你们制造噪音。你们吓到那些可怜的动物了，那辆破自行车应该被回收！我现在就要把它带走！”

“不行！”卡萝和克拉罗惊慌地大喊。他们要说出狼的事情吗？大人们一定不会相信的。

“自行车在哪里？”艾希霍恩先生想知道。

卡萝和克拉罗立刻保证道：“我们会去修车并且再也不在森林里骑车了！”

艾希霍恩先生生气地挠了挠他的刺猬头，再次举起手指威胁道：“那好吧！但是如果那辆自行车再发出噪音，如果你们再被我逮到，我可就不客气了！”说完，他气呼呼地离开了。

“小心点，这家伙有点不对劲。”克拉罗小声地提醒道。

时间停滞的一天

星期天这一整天都过得很难熬，时间好像停滞不前了。

卡萝和克拉罗既兴奋又紧张。

他们等不及黑夜到来，傍晚就各自藏好自己的东西上床了，把被子拉到下巴底下，闭上了眼睛。

当妈妈来到房间看他们时，又高兴又意外，她轻轻地自言自语道："这么早就乖乖睡觉了，真是我的宝贝儿。"

时针指向 11 点 45 分，两个小侦探偷偷爬下床。他们顺着排水管爬了下来，来到车库找汤姆·托尔波。

伴随着“隆隆……嗡嗡……”的声音，神奇自行车发动起来。它穿过城里的小巷子，经过一小段乡村小路，终于拐入森林，朝废墟的方向驶去。

三个伙伴在午夜 12 点 01 分到达了老城堡废墟。

月亮还没有完全变圆，但在夜空中已经很是耀眼。

他们激动地盯着石狼的金牙，根本没有注意旁边还有一个人在。

他们忽视了什么？请检查林中的灌木丛。

偷袭者

两只白色的手从身后闪电般伸了过来，抓住姐弟俩的胳膊。“救命！”卡萝和克拉罗大喊道。他们连蹬带抓，不停反抗。白色幽灵把两人拽到石狼前面，“打开密门！”他用沙哑的声音命令道。

“我们……我们不会开。”克拉罗惊慌地说。

“放开我的主人们！”汤姆大喊道。

可白伯爵根本不听它的话。

“快打开！马上！”他命令孩子们。

汤姆真的受够了，它从嘴里吐出电动马桶刷。

“不要！”卡萝喊道。她以为汤姆要用它打开秘密入口，

其实，神奇自行车另有打算。

“电动马桶刷？哈哈……太好笑了！”白伯爵嘲笑道。

“你可千万别小瞧它！”卡萝不服气地大叫。

白伯爵更加肆无忌惮地仰头狂笑。

愤怒的汤姆·托尔波发射了马桶刷。这次它瞄准的可不是石狼的嘴巴。

“嗷！”白伯爵大叫一声。

“射中了！”汤姆欢呼起来，马桶刷打中了白伯爵的后背。

“汤姆，好样的！”卡萝和克拉罗连声称赞着好伙伴。汤姆对自己的表现也非常满意。

“嘀、嘀、嘀！”

“汤姆，你身上什么在响？”克拉罗提醒道。

自行车镇定地说：“我的钟报时：现在是12 点 12 分！”

三个伙伴立刻盯着金牙。

什么都没有！

金牙闪了闪。

卡萝和克拉罗不眨眼地盯着金牙。

很快他们就会知道宝物在哪里。

12 点 13，12 点 14，12 点 15，12 点 16，12 点 17……什么都没有！什么都没有出现！长着金牙的石狼没有透露给他们任何信息。它僵硬地站在那里，仰望着天空。

“也许那封信只是个玩笑。”卡萝失望地说。

卡萝和克拉罗失望至极，他们拖着疲惫的身体骑车回了家。这次夜晚行动徒劳无功。

上午在学校里，两人困得睁不开眼，只想睡觉。

对他们来说这真是倒霉透顶的一天。克拉罗的算术考试一团糟，卡萝的听写里有七个错误。

第四堂课时有了新的状况。

汤姆给过卡萝和克拉罗一个计算机手镯。它看上去没什么特别，但是上面有一个照相机和一个迷你屏幕。

汤姆突然出现在屏幕上，它小声说道：“主人们！快来！”

卡萝立刻举起手：“我得出去。”当老师看向她时，她极力表现出头晕不适的样子。

“我……我也是。”克拉罗跟着说道。

“你们真是双胞胎，干什么都这么步调一致。”老师无奈地笑笑，但她还是允许他们离开了教室。

他们在走廊里通过无线电与两个轮子的朋友通话：“汤姆，发生什么事了？”

幽灵不骑摩托车

“我在学校大门前等你们。我们必须出发。你们以最快的速度出来！”汤姆说。

姐弟俩悄悄地离开了教学楼，两人都有不祥的预感。

汤姆在街道上等候着，它有一个重要发现。

“我的计算机汇报了一条有趣的消息：也许 12 点 12 分不是午夜，而是中午！”

“克拉罗！原来是这样！石狼的金牙在正午的阳光中反射光，并给我们指出藏金狼的地方。”卡萝喊道。

下一秒时，两个小侦探已经坐上了车座，他们出发了。现在已经 11 点 56 分了。他们只有 16 分钟了。

克拉罗蹬住脚蹬。再穿过两条小街，他们就能到达乡村小路。

突然，一辆蓝色摩托车超过了他们。车上坐着……穿白色斗篷的身影！

“白伯爵！”卡萝激动地大喊。

汤姆·托尔波汇报说：“幽灵不骑摩托车。乔装的人实际是不想被人识破的寻宝者。他想找到金狼并卖掉它。我们要阻止他，金狼应该被送到博物馆。”

克拉罗气喘吁吁地说：“我打赌，那一定是艾希霍恩先生。汤姆·托尔波，我们必须在他之前到达空地。我认为他和你有一样的想法！”

突然，他们前方响起尖锐的刹车声。很快，神奇自行车就不得不停下来——从一辆载重汽车上滚下上百个甜瓜。街道上堵满了汽车和行人。

“白伯爵呢？他哪去了？”卡萝四处张望，汤姆·托尔波竖起了天线。那家伙消失了。

自行车想要调头，但这已经完全不可能。它身后已经停满了汽车，后路被堵死了。骑摩托的白伯爵及时发现这一情况并绕开了障碍，而汤姆·托尔波、卡萝和克拉罗却被堵在了路上。只剩下 11 分钟了。

汤姆·托尔波“起飞”了

卡萝有了个主意：“汤姆·托尔波，你不是会飞吗？快起飞！”她要求自行车朋友。

汤姆·托尔波让两人失望了。

“主人，不行。我需要足够的地方旋转，否则我飞不起来。”

叮咚！电脑已经给出另一个方案。“抓紧了！”自行车对两个孩子喊道。随后它开始给车轮充气，借助吸尘器它吸入了足够的空气。很快车轮看起来就像被人用细绳扎紧的大香肠。

神奇自行车打算做什么？

当汤姆·托尔波充好气后，它对克拉罗说：“踩住，主人。我要连接涡轮太阳能发动机。我们一起努力就能够做到。”

克拉罗用尽全力踩住脚蹬，汤姆·托尔波大力加油。大车轮开始向前移动，蹬上了前面车子的保险杠。接着它爬上车顶。汤姆·托尔波平缓地驶过挡风玻璃和引擎罩，又蹬上下一辆车。

神奇自行车就这样带着卡萝和克拉罗轻松地越过挡在他们前方路上的汽车。

司机们张着嘴惊讶地站在那里注视着他们。

三个好朋友终于顺利避开堵车。汤姆·托尔波“嘶嘶”地放出车轮中的空气，高速行驶。

“真棒，汤姆！”卡萝和克拉罗再次欢呼。

只剩 7 分钟了。森林已经就在前面。自行车像一只鼬鼠一样飞驰在树木之间。

还有 5 分钟。

还有一段路才到废墟。

克拉罗环顾四周。白伯爵也许在他们后面？不，他没有跟在后面。也许他已经到了金牙石狼那里，或者他们把他远远落在身后。

还有 **4 分钟**！

还有 **3 分钟**！

还有 **2 分钟**！

还有 **1 分钟**！

金狼现身

他们到了。前面就是空地，他们很快就会知道金狼藏在哪里。

汤姆·托尔波激动地响起车铃。

12 点 12 分。

来了！

只见一束阳光照在金牙上，光被反射，照在一块长满苔藓的大石头上。

卡萝和克拉罗张大嘴呆呆站在原地。

过了好几秒，姐弟俩才回过神来。他们跳了过去，试图搬开石头，可是石头却一动不动。

汤姆·托尔波打开书包架上的箱子，抽出一根绳子，“主人，接住！”它喊道。

克拉罗抓住绳子，用它系住石头。

神奇自行车再次启动发动机，开始用力往后拽。

卡萝和克拉罗帮它一起用力。

“抓紧！”克拉罗大声喊道。三个朋友使出全部力气，石头终于被成功搬开了。

石头滚到了一边。

下面竟然是一个金属箱子。

卡萝和克拉罗用颤抖的手打开盖子，红色丝绸包裹的是一个纯金制的狼雕像。

“哇！”两人惊呼一声。

这时有人在他们身后大声清了下嗓子。

卡萝和克拉罗跳起，转身。

“艾希霍恩先生！”他们吃惊地叫道。

“我打赌他就是白伯爵。一定是。”卡萝小声嘟囔。

这位森林管理员用黑色的小眼睛怒视着他们。

克拉罗鼓起全部勇气说：“金狼不属于您，这件文物必须被送到博物馆！”

艾希霍恩先生看上去有些吃惊。他把孩子们推到一边，弯身去拿箱子。“我的上帝啊，快看看这件宝贝！”他气喘吁吁地感叹道。

“把手拿开！”他们身后又传来一个声音，“金狼只属于我！”

卡萝和克拉罗转过身，恐惧顿时传遍全身。这个人才是白伯爵，他手中拿着拉满弦的弓，一支箭就在他们眼前。

“金狼是我的！你转过身来，不许动！否则我对孩子们不客气了！”他对汤姆说。

世界上最神奇的自行车不得不朝另一个方向转去，它没有别的选择。但是现在怎么办？汤姆该如何帮助它的朋友们？

汤姆·托尔波的反击

卡萝、克拉罗和艾希霍恩先生举起手。

“你是谁？你不能这么做！”艾希霍恩先生斥责道。

白伯爵只是冷笑。

“走，到石狼那边。不然我可要放箭了！”那恐怖的身影威胁道。

卡萝和克拉罗按照白伯爵的要求，拿起木棒，把它塞到石狼嘴中。密门立刻开了。

“汤姆·托尔波，做点什么。”卡萝小声催促着。

神奇自行车的计算机已经在高速运转，它需要一个好计划。这个白伯爵可不是开玩笑的。

终于，汤姆有了主意，但愿会有用！

汤姆悄悄地慢慢地转过身。它的后架上面装了一个旧的烤面包机，里面有两片凉面包片。

汤姆瞄准了目标。

白伯爵已经抬起脚要把卡萝、克拉罗和艾希霍恩先生踢到地下大厅深处。

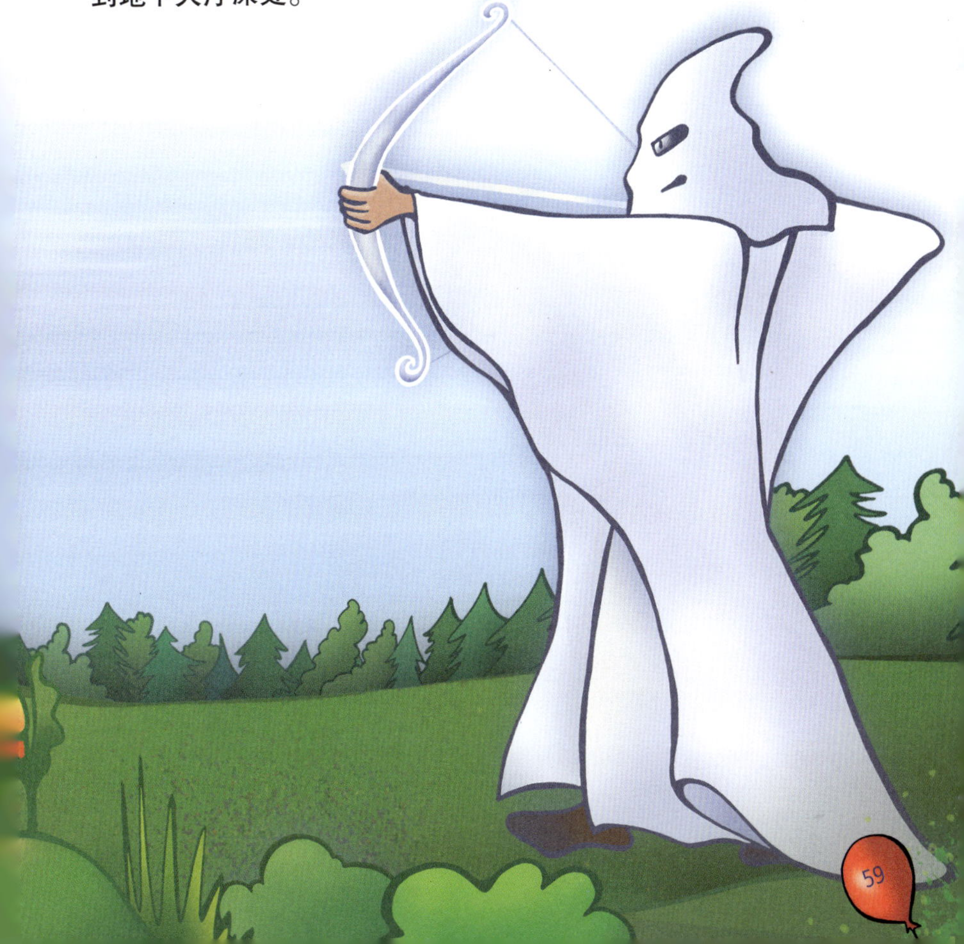

汤姆·托尔波喊道："布谷鸟！"

白伯爵吃惊地转过身，面包片划过空中正好击中白伯爵。这一击来得太突然了。

谁的脑袋会在森林中被烤糊的凉面包片打中？

因为被吓了一大跳，白伯爵失去平衡摔倒在地。

汤姆立刻伸出它的大吸尘器，接通发动机，吸开了白伯爵头上的风帽。

“白伯爵”的真面孔

风帽下面露出一张满脸冒汗的女人的脸。她深色的头发已经油腻，额头还有几颗脓包。

“那是贝尔塔·布拉克。我在猎捕时逮住过她！”艾希霍恩惊讶地喊道。

“这回她想偷金狼！”克拉罗接着说道，“她乔装之后到处打探和挖掘，寻找金狼。”

卡萝点头，“她一定在哪里听说过金狼。但是她得不到它！金狼要被送到城市博物馆。”

艾希霍恩先生指向汤姆：“那辆自行车……那辆车……它救了我们，不是吗？”

卡萝和克拉罗自豪地挺起胸脯：“那是汤姆·托尔波！世界上最棒的自行车，是我们最好的朋友。”

艾希霍恩先生吃惊地吸了一口气，没想到吸进了一只蚊子，搞得他咳嗽不止。

汤姆立刻驶了过来，用天线轻拍他的后背。

“谢……谢谢！”艾希霍恩先生结结巴巴地感谢道。

“我建议您闭上嘴巴，不然会有更大的鸟飞进去。”汤姆·托尔波开玩笑地说。

卡萝、克拉罗和他们的朋友开心地笑起来。关于长金牙的狼的谜团被解开了。但是卡萝、克拉罗和汤姆·托尔波很快要开始下一次冒险。

·谜题答案·

在这座地下大厅里有一只用石头凿出的狼头，其中也安装了管风琴的琴管。空气通过琴管会产生可怕的声音，这声音听起来令人毛骨悚然。

卡萝和克拉罗拿着那本古老的书——可怕的嗥叫声响起，他们只顾着快速离开，而没有注意周围的环境。他们忽视了灌木丛中隐藏的黑影，那人正在观察他们的一举一动。

信中给出了第一条提示，即卡萝、克拉罗和汤姆·托尔波该如何开始寻找金狼。

卡萝、克拉罗和汤姆·托尔波把全部精力放在了长金牙的石狼身上。他们忽视了灌木丛中隐藏的摩托车。

托马斯·布热齐纳先生访谈

20 年来“自行车汤姆”一直都在追踪破案线索并每次都能侦破棘手的案件。迄今为止已经拍摄了400 集电视连续剧，出版了超过 40 本儿童读物。与此同时这辆神奇的自行车在美泉宫的动物园中还有一个专门的侦探社，在那儿有人定期为它上润滑油。

为了了解布热齐纳先生写作背后的故事，我们对他进行了专访。

问：您是怎么想到自行车汤姆这个名字的?

答：其实最初的时候自行车汤姆应该被称为老虎汤姆。但是这个名字已经被用于一个卡通形象。因此我必须尽快更改名字。于是汤姆就被重新命名了，但它身上的老虎斑纹还是得到了保留。

问：自行车汤姆历险记 20 年前就在奥地利问世，现在推出的这个版本和之前的有什么不同?

答：有的。这个版本除了会收入之前所有的汤姆·托尔波的故事，我每年还会重新创作一个新的故事。第一辑中的《大肉排珍宝》就是最新的创作。

问：关于自行车汤姆除了图书、电视，您还有其他的计划吗?

答：有的，而且已经变成了现实。2013 夏天我拍摄了第一部关于自行车汤姆的电影。读者们一直想从我这里知道，这辆世界上最棒的自行车是怎么来的。在这部电影当中我们会讲述这段故事，介绍汤姆的由来和它侦破的第一个案件。

问：汤姆现在在哪儿?

答：我可以告诉大家，汤姆有一个漂亮的车库，在我们每次出发去冒险之前，它都生活在这里。当它进入角色时，依然魅力十足，当它开始说话什么的，即使是经验老到的演员还是会觉得难以置信。

问：您怎么看待儿童阅读的发展？它将向什么方向发展?

答：对于儿童来说，促进阅读的最好的方式是源源不断地向他们传播阅读的乐趣并同时培养他们的阅读能力。阅读绝对是一种不可或缺的好习惯，而怎样让阅读带来乐趣是需要大力培养的，而且对于不同的儿童读者有不同的培养方式。

问：读者们应该对托马斯·布热齐纳有什么样的期待呢?

答：那种可以让孩子们激动不已的故事。因为这是我一直想写的，而且我会尽我的全力。

问：您如何看待游戏对孩子的意义?

答：和教育相比，我认为游戏对于孩子价值非凡，却常常被忽视。通过游戏，孩子们会学习到更多。他们需要交朋友，去经历和体验朋友之间的相处之道，学习如何才能成为好朋友。我个人还认为，孩子们需要更多的个人时间来玩耍和探索，来感受周遭世界的奇妙和吸引力。

问：您有哪些爱好，可以给我们说说吗?

答：我喜欢散步，去剧院，阅读，会见朋友，烹饪，享受生活，旅行，体验新鲜事物。我是个非常自律的人，会把时间安排得井井有条。我喜欢充分利用每一天的光阴，让我的生活过得尽可能充实。

TOM TURBO

鬼城的秘密

在废弃的淘金城中发生着可怕的事情。卡萝和汤姆·托尔波的四周响起“嘶嘶、嘎嘎”和“咯咯”的窃笑声。但这并不是事情的全部，这两个小探险家并不是鬼城唯一的访客。远处突然传来马蹄声，卡萝和汤姆·托尔波发现一位蒙面骑士，他消失在一栋荒废的房子里。很明显，城中有不寻常的事情发生。他们开始和克拉罗一起寻找那匹马和骑士。

这事件背后隐藏了什么？

呼呜！

大肉排珍宝

柳德米拉·伦纳德用她所有财产装饰并制作了一块金肉排，并且想把它留给一对特别的兄弟姐妹。卡萝和克拉罗参加了这场公开的比赛。一场激动人心的寻宝开始了。规则只有一个：谁获得“恒星小时”，谁就能找到真正的金肉排。但是到底什么是“恒星小时”？红色山猫又起到什么作用？

神奇自行车俱乐部招募会员啦！

小朋友们，读完故事书，你对汤姆·托尔波有所了解了吧？其实除了会飞，会做冰激凌，它的技法还多着呢！它和两个小伙伴卡萝和克拉罗的侦探故事也才刚刚开始。想了解更多关于神奇自行车和作者托马斯·布热齐纳先生的幕后花絮吗？快快加入我们的神奇自行车俱乐部吧！很多精彩的互动在等着你！

加入方式：

1.填写后页的神奇自行车俱乐部会员档案，并把它寄给我们。

我们的地址是：江苏省南京市湖南路47号凤凰台饭店9楼903房间 神奇自行车俱乐部收(210009)

2.注册嘻呱网(www.61ert.cn)会员，登录神奇自行车专题页面。

会员福利：

1.享受官方淘宝店购书七五折优惠(店铺名：凤凰天舟直营店)。

2.免费参加神奇自行车主题活动，并在现场收到神秘礼物。

3.有机会到编辑部参观、体验。

我们的邮箱：kaixinjiazu2010@gmail.com

我们的博客：http://blog.sina.com.cn/artlady

我们的开心地区QQ群，快来寻找你的同城小伙伴吧！一定要记住身份证验证信息为"地区+姓名"哦！

开心广东站：189766754

开心北京站：220873310

开心上海站：106077730

开心江苏站：248910189

开心浙江站：248910963

开心山东站：252253839

开心湖南站：252255740

开心东北三省站：236715210

开心湖北、江西站：252256007

开心云南、海南站：252257331

开心安徽、福建站：236715383

开心四川、重庆站：252251160

开心广西、贵州、西藏站：199757379

开心河北、河南、天津站：252256171

开心山西、陕西、内蒙古站：252257786

开心宁夏、青海、新疆、甘肃站：252254942

神奇自行车俱乐部
会员档案

姓名：..

男生◯　　女生◯

生日：..

学校：..

所在城市：..

联系电话：..

通讯地址：..

....

何时拥有自己的第一辆自行车：..............................

....

解密心跳，玩转冒险！神奇单车，助跑童年！

小侦探智力闯关测试

想成为神奇自行车侦探小组的一员吗？快来答题闯关吧！

1.鱼缸里的鱼

前一天晚上 L 市下了一场大雪，第二天早上温度就骤降到了零下 6 摄氏度。可就在这么寒冷的夜里，发生了一起珠宝盗窃案。探长正在询问一位嫌疑最大的女人，“你昨天晚上 11 点左右在干什么，有什么不在场的证据吗？”

这个女人说：“昨晚下大雪，我家的电线短路，停电了。我一个单身女人，又不懂这方面的知识，只好早早睡觉了。今天早上我才给电工打电话，他告诉我只要把大门口的电闸合上去就有电了。”

可是，当探长扫视完整个房间，目光落在鱼缸里的几条热带鱼上时，便识破了她的谎言。探长发现了什么，他是怎么识破的？

2.鞋子的颜色

爱丽丝买了一双漂亮的鞋子，她的同学都没有见过这双鞋子，于是大家就猜，琼说："你买的鞋不会是红色的。"露丝说："你买的鞋子不是黄的就是黑的。"艾米丽说："你买的鞋子一定是黑色的。"这三个人的看法至少有一种是正确的，至少有一种是错误的。请问，爱丽丝的鞋子到底是什么颜色的？

3.士兵们的诡计

有一座从上往下看为正方形的城堡，城堡里的国王派了 12 个士兵，一面 3 人，从四面把守城堡。一天，国王想知道士兵们是否坚守岗位，所以从四面的窗口巡视查看了一遍。无论从哪面窗户望过去，士兵都是 3 人一组严守在岗位上。国王看了很高兴，打算犒劳犒劳这些忠诚的士兵，于是立即下令将他们召来。想不到来的根本不够 12 人，事实上，有几个士兵偷懒溜出去了。那他们到底施了什么诡计呢？国王明明看见每扇窗户外面都是 3 个人。

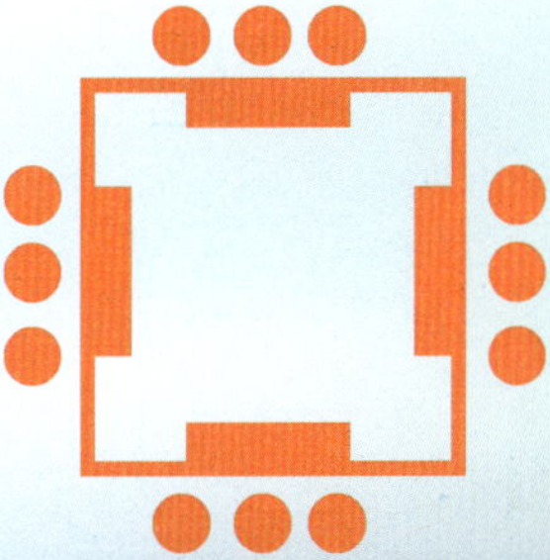